곽은영

퀸 앤 킹

POETRY NANDA 더 쏙
006

시인의 말

당신에게 날개,
어울리는 단어다.

한 여자가 떠났다.
그녀는 그의 일생에 흔적을 남겼다.

해면이 자라고 바람이 잠든 바다
그곳에서 나는 태어났다.

영혼의 벗이 있다면 꿈을 찾길,
영혼의 쌍둥이가 있다면 스스로를
찾길.

라이 아훌*, 두렵다

그렇지만 간다.

2026년 1월

곽은영

* 돛을 완전히 걷고 모든 것을 단단히 묶은 다음, 배를 폭풍우 치는 바다와 바람에 맡기는 일.

차례

시인의 말 004

1부 유머는 굴러가는데 서사는 비극의 구렁으로

성스러운 왕관 012
사건과 지평선 015
불한당들의 모험 51 023
푸른 점 026
속삭임 028
조커 030
불한당들의 모험 55 033
불한당들의 모험 56 034
불한당들의 모험 57 040

카르마 042
소금 044
피의 꽃 046
천칭자리 049
통찰 053
불한당들의 모험 63 055
불한당들의 모험 64 057
바람의 신전 060

2부 한 개의 막대기를 들어 시작한 이야기
허니문 062
사랑은 모두 제각각이고 064
불한당들의 모험 68 067
첫사랑 069
불한당들의 모험 70 071
불한당들의 모험 71 074

불한당들의 모험 72 077
그림자 080
불한당들의 모험 74 083
poetic justice 084
수레바퀴 088
거울의 노래 116
청포도 120

3부 굳이 불러야 한다면 애별리고

애도의 방법 122
독 129
얼음안개 133
가르침 137
애별리고 141
벗 144
국숫집 147

마의 진지함 152
악인의 사명 154
천남성 158
심마동 163
삼 년 후 진설 168
종장의 주인 172
알아가기 176
새출발 180

곽은영의 편지 185
The Adventures of the Scoundrels 56
—Translated by Soje 191

1부
유머는 굴러가는데 서사는 비극의 구렁으로

성스러운 왕관

미망인 아닌 미망인이 되어버린 내가
운명의 몽둥이를 들고 쫓아오는 광대여
이제 너에게 묻겠다

저기 네가 찢은 육신은 바보였는가 광인이었는가
눈에 띄지도 않을 못생긴 입술의 사내가
슬프게 쓰러져 있다

불행한 세계를 위한 아름다운 밤이었다 한들
불칼이 허락된 지금

골짜기에서 태어난 어두운 시의 사생아들이 지키리라
멀쩡한 것들을 시름시름 앓게 하리라
매일 새로운 왕의 죽음으로 써온 역사
잊힌 사육제의 계절을 넘어
진흙 같은 꿈틀거림이여 돌아오라

먼지로 버려진 왕이 이전 왕이 그리고 저 왕이

여인의 진주에서 어둠별의 꿈에서 거갑 활로 기계 팔로
태어날 때마다
불칼은 하늘과 대지를 갈라
불쌍한 사랑이 오물처럼 범람하리라
재가 되어 막 깨어난 연인들의 이마에 닿으리라

검은 베일을 벗은 나는 하룻밤 사육제
왕들의 수호자
대답하라 광대를 풀어 세상에 던진
최초의 질투여

사건과 지평선

그렇더군.

천년 동안 도시를 지어도 도시니까 선천적으로 불안전하지. 그러므로 불안전한, 불완전한 것에 대해 이야기하자. 이야기꾼이여. 한밤의 모닥불은 피웠다. 코트를 가지고 오게나.

밤공기가 얼기 시작한다. 그대가 담아온 사랑 이야기는 땔감으로 던져넣게.

별과 별이 마주본다. 온몸에 바다를 담고 달리는 것이 떨어지더니 이내 구두를 신고 또각또각 걸어가지 않는가.

얼음에 갇힌 고래가 죽다
눈폭풍…… 자정의 아이들은 사냥감의 눈빛
축이 부러진 마차처럼
내 사랑도 여기에 묻으리라
여왕이 가짜 수염을 뜯었다
덜 아문 지평선에서 번지는 피
……달이

돌무더기 아래 결핍과 노동이 일관성을 가지고 쌓였다. 세계를 이해할 수 없는데 거대한 서사는 써진다. 야릇한 일이지. 그대는 이 도시에서 묘지부터 판다.

멋대로 자라난 세상을 동정하지 않으니. 마중왔는가, 그대의 몸 빈 곳에서. 이제 역사를 듣지 않는다. 빵으로 만들 곡물 가루가 있으면 온전히 머리에 뿌려야. 오늘밤 내가 경건할지라도 더 많은 나는 슬프지 않다네.

혼자만 외로운 줄 아는 유령들이
왜 우리는 거짓을 공유했는가
왜 우리는 거짓을 퍼뜨렸는가
홀씨보다 더
홀씨보다……
입을 열기 전에 생살이 뜯어지는 고통부터
고개를 돌리지 않았는데

거울 속 나는 응시
한 발자국 디디면
바닥부터 무너지는 소리가
몰려온다 몰려와

냉랭한 가슴이여. 그래라. 서로에게 결핍을 연결하고 더 깊이 칼을 꽂으며 맹렬하게 타올라라. 낭만적 결론이 재가 되는 것을 보면서. 여기는 겨울비가 뜨거운 여름을 끌어오는 곳. 내면이 단조로운 것은 불안을 외면하기 때문 아닌가. 약간 덜 마른 장작이 오래 가지. 욕망의 수액이 흐르는.

불꽃은 없는 게 아니야

불꽃은 틀렸을 뿐
불꽃은 없는 게 아니라고
어제 불꽃이 오늘 불꽃이 되었다가 아니지
내일의 불꽃이 오늘 불꽃이 될 뿐
그래서 모든 불꽃은 틀렸어 틀렸다고

도착하지 않은 자를 말하기 위해 많은, 잡아먹은 자를 끌어왔던가. 차라리 정직한 혀가 불시착한 어둠 말할 수 없는 바깥에 대해 침묵하게 하라. 단어가 설 땅이 무너져 해파리 같은 글자는 손이 닿기만 해도 녹았다. 빛 후끈함 불을 등진 그대여. 빌려온 코트. 밤은 길다. 깃을 더 올리고 더 낮게 들려다오.

죽은 너는 자꾸만 전화를 걸어

귓속으로 여기는 바다 여기는 시장 되풀이

잘 지내. 나한테 하는 말인지 너한테 하는 말인지 되풀이

죽은 너는 지금 어느 시절인데 전화 부스에 들어가 전화를 하는 거냐

로망. 로망은 무슨

뚝뚝 잘 안 들려. 전화 부스에서 전화를 거니 그따위지

나는 그런데 왜 너를 보고 있는 거니

죽은 네가 전화 부스에 들어가 전화를 걸어

그대여. 눈빛은 기억하겠다. 고통을 아무도 듣지 못한다면 지옥. 그렇더라도 나는 슬퍼하지 않는다. 모든 방향에서. 모든 방향으로 튀어나가는 폭발. 장작이 품은 기름이 불을 키우고 쑤석거리면 맥락이 솟구친다. 진하게 끓인 차를 더 들게나.

작은 모래의 솟음. 그러나 모든 모래의 용솟음. 바람은 사막을 일으켜 걷게 한다. 빛이 별을 가리면 몸속 나침판을 믿자. 발자국은 거짓이어서 따라가면 길을 잃고 갇힌다네. 별과 별이 마주본다. 불안전한 그대 이야기는 걸을 것이다. 그리고 그대가 꺾일 것을 믿는다.

듣는 순간 나의 이야기가 되리라는 걸
하, 알았던
나의 에피타프
……축이 부러진 마차처럼
내 사랑도 여기에 묻으리라

불한당들의 모험 51

유머는 굴러가는데 서사는 비극의 구렁으로 간다 쇠똥구리가 똥을 키우며 가다가 빠져나올 길 없는 고랑에 떨어지듯

횡단 열차를 잘못 탔다는 것을 깨달은 것은 그리 오래 걸리지 않았다 황무지의 중심에는 기계 도시가 움직이고 있다 가축의 주인과 가축과 자동차와 열차가 같이 달린다 금실의 모자와 태엽을 드러낸 시계가 공중에 떠 있는데

말 걸려는 추억에게도 방해받고 싶지 않은 순간은 있다 무심함과 유정함이 치마를 정리하며 옆자리에 앉았다 나는 끊어냈어야 했다 더 빠르게 빨리 멀어져야 했다 향기에 취해 통에 빠져 익사해가는 벌레가 된 다음에야

거대 비행선이 무리지어 간다 가죽으로 마감한 시트에 앉아 타지도 썩지도 않는 피에로의 입매를 만지작 책을 넘기다 발견한 것은 누군가의 머리카락 불쾌함 수치를 연료로 달리는 증기열차의 엔진은 커질 수밖에 없겠지

거대한 앞바퀴이자 갚아내야 할 표지 같은 과오 그래서 시끄럽고 연기나며 위험하기까지 한 이 열차를 탔는지도 모른다 바이크 몇 대가 달린다 뒤에 앉은 아가씨가 손인사를 보내준다 창문을 열어 나도 손을 흔들었다 먼저 저지르는 나와 한발 늦게 깨닫는 나 유머는 굴러가는데 서사는 비극의 구렁으로 간다

푸른 점

그 집에는 사람이 살지 않았다. 방아쇠가 당겨진 뒤로. 그 집에서 나온 독한 열기가 위로. 구름도 다가오면 녹았다. 사르륵 사르륵. 사막처럼 화창했다. 풀은 시들지 않았고 바람에 흔들렸다. 간혹 벌이 붕붕거렸다. 산 것의 움직임이 차라리 두려웠다. 검은 자국이 바닥에 생겼다가 사라졌다. 적막은 바닥에 닿기 직전의 핏방울처럼.

사람이 살지 않았다. 식물이 조용히 분명하게 성큼성큼 땅을 세워갔다. 마루를 넘어 안방을 넘어 천장까지 그리고 지붕을 주저앉혔다. 젖었다가 말랐다가. 바람과 습기가 조용히 분명하게. 자신의 땅이 아닌 것을 모조리 바꾸어갔다. 식물이 망설임 없이 전진하면서 풀씨와 넝쿨을 날리고 날렸다.

시작점을 모를 눈보라에 감추어지기도 했다. 한참 쌓인 눈 위에 다시.

해가 떴다가 사라졌다. 거칠고 강한 바람이 습기는 남겨놓았다. 물은 스미지 않고 미끄러졌다. 차가움이 충만했다. 밤에는 지구의 것이 아닌 빛이 출렁였다. 가벼운 것은 더 가볍게. 무거운 것은 더 무겁게. 사방은 완벽하고 냉혹하게 얼어붙고 풀렸다.

속삭임

그대가 잔인한 이유는
열리는 마음의 틈으로
불안의 씨앗 한 알을 떨어뜨리기 때문.
애틋함이 커져갈수록 불안도 커져가거라.
깊은 상처가 되어 후회가 고름이 되어 흘러나올 때
농익은 열매를 수확하라.
너의 얼굴을 한 열매를 수확하라.

장미는 누가 키웠던가,

장미는 누가 키웠던가.

조커

카드 네 장을 놓고 한 장을 고르라더군. 다가올 운명이라나. 물론 끌리는 카드가 있었지. 픽미 픽미 픽유. 나는 수다스러운 카드를 골랐어. 꽤 그럴듯했어. 아주 가까운 내일을 말하는 것 같았거든. 그리고 말했어. 지불할 테니 나머지 카드도 읽어줘. 그래. 그래서 모두 들었지. 이번엔 진짜 놀랐어. 모두 나의 이야기였거든.

맥주 한 병과 함께
여행자들을 황동의 타로 기계 앞에

앉혔다
장막 밖에서 나는 카드에게 묻는다
왜 고르라고 한 거야
무엇을 시험하는 거야
바위사막의 밤 지상까지 꽂히는 마른번개를 보며 묻는다
여행자들의 탄성과 비명이 들린다
바닥의 마지막 카드가 붉은 달을 안고 온 소년이었을 때
나는 테이블을 걷어찼다
어디 숨었는지 찔러보는 삼지창처럼 꽂히는 번개

숨을 건가. 한쪽으로 기운 영혼을 꽁꽁 감추고 성숙한 어른처럼 포옹하

는 세상이야. 사막에서 숨을 곳은 없어. 별이 저울을 걸어놓았지만 그걸 쓸 줄 아는 이도 없어. 이제 나가서 진실을 말해. 영혼의 무게에 대해 말해.

번개도 멈추고 나는 카드를 킬킬거리는 밤의 입속으로 던졌다

불한당들의 모험 55

밤이 고요히 대지 위에 몸을 누일 때

그들의 사랑이 지구로 온 수많은 별빛과 나란히 흐를 때

비가 오지 않는 곳에서만 존재하는 고요한 아름다움

사막의

신성한 시간

불한당들의 모험 56

그는 이 세기가 요구하는 타락 인간
이다.

자신에 대한 사랑이 동기가 되었고
혼자 힘으로 도둑질과 사기를 터득했
지만

공포와 비겁함을 극복하고 사랑에
눈먼 여인을 등쳐 돈을 얻었다.

언제 태어났는지 신비함을 남긴 채
화려하게 지금을 뽐내고

머지않아 고독하게 죽을 것이다.

우리가 그렇게 되길 원하기 때문이
다.

그것이 이야기니까
그것이 이야기니까

아하? 아하. 태양계. 열두 번은 돌고 왔지. 온밤 내내. 헛소리하지 마세요. 진짜라니까. 나는 쇳물이 비가 되어 내리는 별에 도착하는 게 첫번째 목표. 헛소리하지 마세요.

알코올. 쏟아부었지. 온밤을 온통 너를 찾아다니며 이빨을 드러내며 바지에 줄줄 오줌을 싸며. 차가운 겨울밤. 열기를 식혀줘. 얼마나 많이 퍼부은 줄 알아? 살아온 생. 하아. 하아? 뼈가 드러나고 어쩌나. 소년은 도망가네. 죽은 할머니들이 쫓아와서 소년은 도망가네. 동화로 포장하지 마세요. 대머리 아저씨가 이웃 마을 소녀와 여인의 눈웃음에 묻히길 꿈꾸고 팔뚝살 늘어지는 아줌마도 이국의 청년을 탐하고 있지. 나는 너야. 원래 없었어. 아저씨, 더러워요.

더러움. 토할 것 같아. 너는 도달할 수 없는 곳에 나는 있지. 미끄덩거리는 거울 속에 있는 나를 어떻게 죽이겠다는 거지? 거대한 몰락. 이런 말을 중얼거리면 세계가 고개를 돌려 쳐다본다. 기계음과 함께. 붉고 먼 곳에서부터 쇳물비가 쏟아져내린다. 학교에는 귀신이 많지. 애들이랑 놀고 싶어서. 박살난 저 악기에도 귀신이 있어.

저도 음악 타고 놀고 싶거든. 자꾸 부르면 걔들이 쳐다봐. 헛소리 마세요.

순결. 있지. 무관심 속에. 그래서 소중해. 내 입이 감히 담을 수 없는 말이야. 자식을 잡아먹은 나는 조금 더러운 이야기가 어울려.

아저씨…… 지금처럼 방심한 얼굴로 잠들지 말아요. 윤기 없는 표정이 그대로 드러나잖아요. 하룻밤 사이에 폭삭 늙어버린 것 같은 얼굴이에요. 원래 당신의 얼굴이겠죠. 나는 너라니. 오싹했어요. 처음으로…… 오지 않은 현재를 보는 기분…… 우연히 만난 아저씨는 못 쓰는 고글처럼 살이 떨어져나가 있고 나는 팔 부러진 인형처럼 놓여 있어요. 빈털터리 가방이어서 그냥 두고 있는 게 아니에요. 오물을 몇 번이나 걷어내고 나면 기운이 없을 뿐이에요. 욕이 오물보다 더러워 도망친 날 손을 내밀어줬기 때문이 아니에요. 그런 얼굴로 잠들지 말아요. 지금 내겐 가재처럼 단단한 방패가 필요하단 말이에요. 여기보다 더 낭떠러지가 있다고 알려주지 말아요. 아저씨…… 아저씨 얼굴이 나를 울게 해요.

그는 이 세기가 요구하는 타락 인간이다.

근거 없는 불안이 유혹이 되었고 비록 혼자 힘으로 연민과 비정을 터득했지만

무시와 비난을 극복하고 결핍에 눈먼 소년을 등쳐 애정을 얻었다.

언제 떠날지 불안함을 남긴 채 초라하게 지금을 뽐내고

머지않아 고독하게 죽을 것이다.

우리가 그렇게 되길 원하기 때문이다.

그것이 이야기니까

그것이 이야기니까

불한당들의 모험 57

나는 너에게 피를 넘겼고
너는 내가 아는 누군가에게 너의 피를 넘겼다
그럼 나는.
어둠이 너의 심장 조각을 가져왔다
너의 피와 나의 피가 묻은 조각을
나는 먹지도 못하고 너에게 돌려주지도 못하고
오직 끌어안은 채 울었다
우리가 마주선 방식은 치유가 아니라 피를 빼앗는 거짓 황홀
우리가 너무나 비참했기 때문에 이

어진 가짜 의리

일어나지 않은 일에 대한 공포가 만든 춤

우리의 피는 마침내 어디로 가는가

카르마

얕은 바다가 물러나고 땅이 솟았습니다 얇은 바람이 살랑거리는 곳 모래는 칼보다 강했고 바위는 깎였습니다 바다가 왜 물러나야 했는지 모르지요 암석임을 알면서도 하얗기 때문에 다가가는 손 미처 바다를 따라가지 못한 조개가 쓸쓸히 죽어간 곳 사람이 오지 않은 마지막 시대 끝이 있어야 시작이 있다고 했습니다 우주가 내게 준 선물은 용기였어요 어리석고 어쩌면 같은 곳을 맴도는 중인지도 모릅니다 지금 보면 끝이지만 끝이 아닐지도 몰라요

멈춤 그리고 움직임 내가 아는 것은 그뿐입니다 그러므로 나는 갈 것이지만 그럼에도 멈춤을 더 존중합니다

소금

우는 아이를 때리며 같이 우는 여자가 있어
어린 여자 둘이 울고 있어
우는 아이는 맞으면서도 엄마라 부르며 여자의 옷자락을 잡아

이제는 손바닥 대신 혀와 무관심으로 때린 뒤 나중에 우는 여자가 있어
어린 여자 둘이 울고 있어
우는 아이는 맞으면서도 엄마라 부르며 여자의 옷자락을 잡아

어린아이가 엄마 노릇하는 아이에게 온기를 나눠주고 있음을 알까
저 온기가 증오의 태양이 되는 것을 알까

두 여자가 흘린 소금이 바짝바짝
조심해 소금 폭풍이 몰려올 거야
견고하다고 믿었던 진흙 벽돌마다 소금이 박힐 거야
바닥부터 부서질 거야

늦기 전에 물을 찾아봐
네 안에서 물을 찾아봐

피의 꽃

저기 화염의 전차가 오고 있다
달려온 길은 불길이 되어 바퀴에 으스러진 뼈와 살을 태우고 있다

얼음 평원에서 벌어지는
황혼의 주제와 합당한 대가

목매달아 죽인 자들이 목을 맨 채 끌어올려지고
얼어버린 마음은 순식간에 쪼개져 뒹군다
도망칠 때마다 한 걸음씩 가라앉으라

전사자의 여왕
가식을 불태우는 전차의 주인이 오고 있다

무지에게 바쳐진 공물은 충분했다
나의 형제가 베푼 성성한 몰락
이제는 부서진 자만이 어두운 구름을 쳐다볼 수 있으니
커다란 탄식 대신 일어서는 자여

이 붉은 황혼의 전장에서
고통에 찬 첫 울음처럼
최초의 비애가 또다른 너를 태어나게 한다

죽음은 주어진 절대적 선물
사랑은 우리가 누구인가를 묻는 날카로운 거울
그러므로 이제 불가능한 것을 선택하라
천둥의 소리로 오는 저 전차에 오르라
첫번째 용기의 아이여

천칭자리

여기가 모홀의 장이야
장막을 내려

별이 태어나려면 빨라야 구십만 년
손가락 한마디도 안 되는 흙이 쌓이려면 이백 년
감정에 따라 일생은 크게 달라지고 마지막 모습도 다양하지
우리는 일정 이상의 감정을 가질 수 없어
난쟁이별은 작지만 가장 무거운 별이야

여기서는 하나씩 놓고 가 그리고 마음에 드는 것을 가지고 가
염소 뿔로 만든 피리는 늙은 나그네의 것
가혹하지 그래서 많은 꿈이 태어나
나는 위로의 노래 대신 혼자 죽어가는 짐승을 생각해
죽음이 서늘한 손으로 잠깐씩 잠든 이의 이마를 짚을 때마다 그는 뒤척이지

그러려고 한 건 아닌데 별에 적힌 대로 살아온 인생이 웃겼다
회피와 저항도 모두

여기 온 것은 기다림을 가지고 가려고 그랬을까
가축의 냄새 자욱한 연기
운이 바뀔 때 만난다는 폭풍 속 모홀의 장

발밑을 어디까지 파고들어갈 수 있는가
감정의 세계에서 벌어지는 일에 관해 아는 바가 거의 없다

장막의 주인은 어느새 등을 돌린 채 자고 있다
주머니에는 작고 검은 돌멩이 몇 개

기다림을 가지려면
나는 무엇을 내놓아야 하는가
은 접시 위에 내려놓아야 하는가

통찰

불속의 장작이 크나 불꽃은 끝내 장작을 남김없이 태운다. 그의 의지이자 타당한 첫번째 주사위.

큰 가지와 날카로운 가지가 물에 떠내려온다. 물은 거대하고 도도하게 간다. 태양이 뜨고 맑은 바람이 불고 물이 깨끗해진 자신을 되찾는 일.

새벽과 황혼의 새들을 따라 길을 찾는 인간이 있고 기억을 따라 무리를 이끄는 어머니 코끼리가 있다. 아주 오래전 코끼리가 사라지자 식물도 사라졌다. 그것은 중요한 징후.

나무 태엽과 목선 나무못 마른 이끼와 나무집. 공중으로 떠올라 부서져 먼지로 돌아간다. 약속된 혼돈이자 의미 있는 중심.

불한당들의 모험 63

아이야
입가의 피를 닦자
우리 마음이 눈물에 녹아 구덩이가 숭숭
나는 너를 몰랐기에
발밑이 출렁이는 까닭도 몰랐지
누군가의 손길이
파도 속 닻처럼 날 붙잡아주리라 무턱대고 매달렸어
아이야
어차피 거절과 결핍은 생의 기본값이야

그렇게 구멍이 나 있어도 나는 네가 좋아
구멍이 그렇게 나 있어도 우리가 죽지 않는다는 걸 알았어
그러니 이제 다른 존재의 피로 그 구덩이를 채우지 말자
운석에 파인 달처럼 가자

불한당들의 모험 64

흙의 마지막 열기를 품은 별 붉은 잎의 지배자 묵직한 창
황금을 태운 연기
낭떠러지에서 실뭉치를 굴려버린 낭패감
검은 거울 망치 두 개의 컵

깊은 월식이 오면
꾹꾹 눌러둔 비명을 지를 수밖에
누구의 손을 잡고 있는지 볼 수밖에

늦은 계절의 맹렬한 추격전이 벌어

지다가 우뚝 발을 멈추었을 때 마음은 넘어졌다 일으켜세우지 않았다 한번은 진창에 박혀야 했다 언어를 곡해해서 몸으로 구현해야만 알아먹는 아둔함 나는 안전하고 아름다운 것을 원했다 그러나 실은 끊어졌고 뼈는 부러졌다 너덜거리는 살점 핏물 수많은 층위의 아프다는 느낌이 전신에 파고들었다 입안에 고인 피를 뱉었다 너는 왜 포기하지 않니 아연한 안개 어쩌면 달렸다고도 볼 수 없는 순간들 그런데도 멈추지 않는 심장의 쿵쾅거림 포기를 안 하는 게 아니라 내겐 이것뿐이기 때문이다 나는 내 뒷모습을 모른다 그러니 아직 무게에 대해 말할 때가 아

니다

깊은 일식이 오거든 스스로를 볼 수 밖에
가려둔 그림자의 계단을 따라
나뭇가지와 등불 하나

더 큰 공포 피할 수 없는 교훈
사라지는 환상의 고리 도둑의 재치
미련 없는 먼지
만나야 할 시간으로 가보는 수밖에

바람의 신전

모래가 백색이든 황색이든
모래 언덕 너머
바다가 있든 초원이 있든 계속 모래 언덕이 이어지든
낮에 언덕에 오르면
팽팽한 대기와 몇 겹의 층을 보여주는 바람
달이 뜨기 전 어둠 속에서 별이 새롭듯
자꾸만 두리번거리게 하는

2부
한 개의 막대기를 들어 시작한 이야기

허니문

서쪽에서 달이 달려왔지
서쪽으로 태양은 팔을 벌리고 있지

서로의 궤도를 따라
서로의 속도를 따라

마침내 태양이 감춘 달을 드러내는
날
그대 안에 달이 있으니

싸한 추위와 검은 태양
달을 끌어안는 강렬한 태양의 빛은

그대가 연인에게 약속한 링

딸을 찾는 것을 포기할 때까지
숨어 있는 동안 꿀로 만든 술을 마신 그대들

상징과 현실이 하나일 때
저 끝에서 뿔처럼 우리를 덮치는 그림자의 광활함
그러므로 태양의 힘을 가진 자여
그대 안의 달의 힘과 균형을 이루길

서쪽에서 달이 달려왔지
서쪽으로 태양은 팔을 벌리고 있지

사랑은 모두 제각각이고

너희는 서로 사랑하라
운명이 내린 시험이자 축복

사랑에 빠진 이들은 이 사랑이 특별한 것임을 믿는다
사랑에서 빠져나올 때 그때 왜 그랬을까 묻는다

나는 세상의 기억 오래된 문지기
아기 연인들이
우주의 강을 타고 오면서 어딘가에 도착하고 어느 즈음에 도착한다

자비의 단검으로 살을 찢으며
두 발로 무지의 가시밭을 밟으며

가장 아름다운 모습으로 만나라
깨닫지 못하면 이 구속을 한 번 또 지나가리
서툴고 피고름 그대로
너희는 서로를 아름답게 바라볼 것이다

엉망이 되더라도 슬픔을 이기는 지름길은 없으니
연인들이여 칼의 힘을 믿고 헤쳐가 보라
여왕의 궁전에서 환대하리라

모든 무대는 준비가 끝났다
삶이 더이상 비유가 아닐 때
운명의 시험과 보호가 함께 있으므로
너희는 서로 사랑하라

불한당들의 모험 68

대기가 진공과 맞닿은 곳에서 우리 별이 우주를 향해 뻗는 섬광

너는 팔을 괴고 잠을 잔다

우리가 볼 수 있고 알 수 있는 것은 너무 작아

너는 어떻게 생각해

바리는 코를 골며 꼬리를 탁탁 친다

단 하나의 승리만 있다면 사랑을 골라야지

나는 두 개의 잠 사이에 끼어든다

황금빛으로 가만가만 손을 포개는 시간

한 번도 본 적이 없는 방식으로 태어나는 우주를 보고 있다
가만가만 내려앉는 선택의 무게
빈 하늘에 구름이 흩어져 있듯
약하고 한순간일지라도
여기 모인 우리에겐 관계가 존재 증명
가만가만 얽히는 작은 패턴
가만가만 얽히는 작은 파장

첫사랑

두려웠기 때문에
갑작스러웠기 때문에
내가 먼저 너를 떠났기 때문에
내가 배워야 했기 때문에
우리가 순수했기 때문에
아직 눈물이 부족했기 때문에
아직 아무것도 할 수 없었기 때문에
우리의 시간이 달랐기 때문에
그러나 감정의 온도가 뜨거웠기 때문에
너를 몰랐기 때문에
나를 몰랐기 때문에

용기가 있었기 때문에

아픔을 겪어야 했기 때문에

그러나 가장 행복할 때 끝났기 때문에

여전히 아름답기 때문에

불한당들의 모험 70

세계는 관대하지 않았으나 선의가 만드는 빈틈이 톱니를 돌게 했다. 하늘과 바다가 맞닿은 어디쯤은 나의 감수성으로 연대할 수 있는 곳.

웅크렸으나 마음의 수평은 길게 펴진다. 드러누운 모래언덕을 지나 바위사막을 지나 소금의 땅을 건너 얼음벌판 위로 증기 열차가 조그맣게 달려갔는데.

또 밤안개 사이로 불을 지른 듯 몇

대의 차가 질주하는 해안도로. 배 밑으로 등을 단 비행선이 물고기처럼 느릿느릿 공중을 가늠하고.

그것은 허공의 깊이를 물어보는 아득한 목소리이며 서늘한 눈길. 닿는 곳마다 고독이 흘러내리는데 기다리고 있었던 듯 축축하지 않게.

고개를 돌려 검은 밤바다의 야광충이 해변에 몰려 있는 것을 보다가. 수평선은 절망이면서도 온전한 희망.

또 천공에 가득하다못해 축제처럼 바다까지 내려온 별. 아름다운 궤적을 그리는 것은 맨몸의 나에게는 감히 두려운 일. 그러나 예정된 일처럼 스스럼없이 이끌리는.

불한당들의 모험 71

우산을 받쳐들고 산길을 돌아오는 동안
비를 맞으며 산을 떠도는 이매들이

소녀는 노래합니다
종장의 주인이자

비에 젖고 풀벌레 울음소리가 잔잔한 밤
잔을 비우고 이내 죽어가는 헛것들이

소녀는 노래합니다
내 유산의 상속자가 이곳에 왔으니

이곳은 호텔 이곳은 골목 한때 모래 언덕 전장 한때 바위의 황원
끊어진 뼈와 흩어진 피의 역사들이

소녀는 다시 노래합니다
그대 또한 카르마를 끊으라

꿈을 삼킨 어둠 더 깊은 어둠의 소용돌이
경계를 걷는 별과 별이

처음과 끝이 휘어진 모자 모양으로

굴러가는 나락이자 극락의 바퀴에서

불한당들의 모험 72

밤이 충분히 어둡지 않아서 슬픈 사내야
태어난 순간을 축복해준 손길을 기억해내렴
눈이 꾸는 꿈속에서
푸르게 이글거리는 얼음의 꿈속에서

영혼의 찌꺼기를 태우는 성화가 켜졌다

까맣지만 악의가 없는 안개도 있지

너는 얼음 벌판의 끝 망자의 강을 건너
본디를 향해 전력으로 질주하렴

외면할 수 없는 연약함이 진화의 길을 비추니

너의 침묵을 들을 준비가 되어 있단다
끊임없이 무너져내리는 노래는 작은 밤의 동반자
고통은 치밀하게 설계된 미로
아득한 그리움에 너를 내어맡기렴

신성한 왕이 되려는 자

뒤를 돌아봐야만 해

노래를 멈추지 마

온통 사랑을 배우기 위해 태어난 사내야

그림자

얼음 지평선을 따라 길고긴 검푸른 빛
황혼의 막이 오름 혹은 여명을 맞은 밤의 뒷모습
저것은 지구의 그림자

저 그림자는 매 순간 나를 사로잡았다
그대의 연한 살빛보다도 그늘이 내려앉는 눈매에 끌렸듯
진심의 농도

보고 싶다거나 사랑한다보다
그립다는 말

스치고 얽히고 끊어지고 지구는 달려가고
그립다는 말 한마디가 저 그림자에 묶였다

해가 뜨지 않는 겨울
하루종일 해가 떠 있는 여름
해는 항상 북쪽 길을 지나갔다

괜찮은 줄 알았으나 확실하고 깊게 베였다
얼음 지평선을 따라 길고긴 검푸른

빛

난파선처럼 남겨진 시간만은 아니다
붙잡는 대신 스스로 떠오를 수 있게 했던 사랑의 농도
침묵의 기원을 배우게 한 말
그립다는 말 한마디가 저 그림자에 묶였다

불한당들의 모험 74

거인을 쓰러뜨린 것은 아주 작은 전갈 한 마리

그것을 깨닫자

사랑이 때때로 떠남을 허락한다는 것을 이해했다

poetic justice

인과율이 들끓는 도시
문득 시간이 있는 것인지 의심스러
워졌다
모든 일이 되풀이되고 있었다

사자 황소의 심장
무대 중앙으로 이끄는 도살자의 손
매표소 여인의 본모습은 돼지였다
조명 아래 내가 쇼를 할 차례였다

너를 만난 후
숨죽이게 하는 한 문장에 종일 설렜

고

요정이 있다는 생각을 했다

너와 나는
달빛 아래 만나고
뱀의 혀에 농락당했다
있어서는 안 되는 사건

사랑보다 결핍을
희망보다 포기를
용기보다 순종을

도전했기 때문에
나는 광장에 세워졌다
드러냈기 때문에

광장의 황동 저울과 룰렛 수레
총알은 분명히 지나갔고 나는 쓰러졌다
성질 급한 소구경 권총이 나를 살렸다
그들은 근사한 죽음을 만드는 데 실패했다

나는 추방할 수도 없는 치욕
날개 같은 구름 아래
떨고 있는 너를 안고 싶었다
있어야만 하는 사건

위에서부터 내려오는 빛

광장은 그림자가 사라졌다
그들에게 넘긴 핏자국과 침묵
이것은 비극의 쇼가 아니었다

이 순간 영예로운 선택은 인내
그러므로
너와 사랑한 영혼만을 가지고 나는
떠난다

수레바퀴

1

가장 사랑했던 사람이 내 불행의 시작이었다.

그녀가 세상을 떠났을 때 나는 죄책감을 털고 어디든 갈 수 있으리라 여겼다.

그때만 해도 몰랐다.

모든 이야기가 실은 반복되고 있음을.

대를 이어온 이야기

언제나 사랑은 상처를 남겼다. 그것은 난폭하게 감정을 난도질했다.

그때는 몰랐다. 칼을 쓰지 않겠다고 다짐했으나 결국 나에게 칼끝이 향했음을.

나는 감정이 찢어지는 싫은 느낌에는 익숙했다.

그러나 그녀의 이야기가 사실은 나의 시작이었음을 알았을 때의 통증은

아프다기보다는 무겁고 무서웠다.

수레바퀴는 계속 굴렀다.

지구의 그림자가 달을 덮치기 시작했다.

2

가문의 이야기는 왜곡된 아버지와 결핍의 어머니 그래서 사랑을 찾아 헤

매다 죽는 이야기다.

다스림 대신 책임을 지는 사랑

양육자이자 파괴자인 사랑

그런 것은 애초에 몰랐다.

미아는 단 한 명의 아이를 낳았다. 55-333 작전중 실종된 군인은 길을 잃은 미아를 데려와 여관에 맡기고 떠났다. 미아는 고아 아닌 고아가 되어 혼자 울었다.

어쩌면 미아는 버려진 것일지도 몰랐다.

그러나 기근과 전쟁고아가 넘쳐나던 세상이라 누구도 그런 것에 신경쓰지 않았다.

미아는 구걸하듯 일을 하며 우는 법

을 잊어갔다.

미아는 밤마다 행복을 기도했다. 그리고 스물두 살 많은 남자와 결혼하여 한 명의 아이를 낳았다.

둘은 물려받은 것이 없기에 가문의 시작으로 여겨졌다.

그리고 미아의 아들이 성인이 되던 해 미아의 남편은 사망했다.

세상은 빠르게 변해갔다.

증기 열차가 달리고 전서구와 우편 배달부가 바빠졌으나 눈치로 살아온 미아답게 능숙하게 적응했다.

미아의 아들은 결혼을 하고 다섯 아들과 딸 하나를 낳았다.

그리고 전쟁은 두 번 더 발생했다.

미아는 가족이 늘어나는 것이 행복했으나 마음의 구멍은 메워지지 않았다.

고독을 견딜 수 없었던 미아는 밤마다 거미줄처럼 기도의 실을 짜 구멍을 가렸다.

한 명이라도 놓칠까봐 아들과 손자까지 주렁주렁 그 실에 매달아 키웠다.

그녀의 늘어진 젖가슴처럼 실은 축축 처졌다.

미아는 오래 살았다. 나도 미아의 손에 길러졌다.

미아의 일생에 돌봄을 제외하고는

다른 것은 생각할 수 없었다.

미아의 3대손까지 한 지붕 아래 살았지만 미아에게는 전부 아기였다.

그녀는 거대한 대지였기에 풍요를 주었고

그녀의 과실에 만족한 자손들은 누구도 미아를 돌아볼 생각을 못했다.

이따금 미아는 옷장을 비우고 다시 채우면서 화를 삭였다.

한 번도 쓰지 않은 옷과 장신구

나는 그것의 용도가 궁금했다.

잠들기 전 미아는 머리를 곱게 빗었다.

그때 나는 미아에게도 어린 시절이

있으리라는 추측을 했다.

그러나 나 역시 무슨 일이 일어나고 있는지 몰랐다.

나를 보호해주는 위대한 어머니

내가 사랑에 가까이 갈수록 가문의 몰락에 다가가는 이야기

지구의 그림자가 히죽 웃었다.

3

시작이 있으면 끝이 있는 법.

가꾸지 않는 대지에 곡물이 자라지 않는 것은 옳지만 곡물 대신 동전이 교환이 된 세상.

미아의 아들 페이즈는 상인이 되었다. 그의 부인 도나는 큰 도전을 했으

며 황금의 시간을 쌓았다.

실내 홀에는 페이즈의 회중시계를 본뜬 거대 시계를 걸었다.

페이즈와 도나의 아들딸은 미아의 2대손으로 받아들여졌고 굵직한 나무가 되기보다 대리석 기둥을 타고 오르는 넝쿨을 선택했다.

그들이 그리는 곡선은 화려했기에 나태와 불안을 감추기에 충분했다.

별이 가장 반짝일 때 그 별은 죽었거나 죽어가는 것처럼.

새벽이 올 때까지 집안을 밝히는 샹들리에

페이즈와 도나의 외출은 풍요의 뿔이 걸어가는 듯했다.

코르셋 실크 모자 황동 거울과 망원경

거구의 몸집을 태우면 차의 바퀴가 한쪽으로 눌렸다.

그들은 팔이 닿지 않아 서로의 양말을 신겨주었다.

소의 뿔이 마주보면 서로를 찌를 수 있다.

페이즈는 정부를 여럿 두었고 도나는 정부의 모피와 보석에 쓴 돈보다 더 큰 사치를 했다.

파티 술 음악 도박 가죽 소파 누구도 그들을 말릴 수 없었다. 미아마저도.

미아의 일생에 세번째 전쟁이 끝났을 때 비로소 미아는 숨을 돌렸다.

전쟁은 미아의 일부였다.

어찌 보면 전쟁 때문에 미아의 돌봄이 시작된 것일 수도 있었다. 미아의 자손은 누구도 전쟁 때문에 다치지는 않았다.

총은 다들 소지하고 있었고 상처 입은 마음의 약실은 여전히 폐쇄된 상태였다.

페이즈와 도나는 전쟁을 배고픔으로 기억했다.

옥수수를 쥘 수 있음에

이 옥수수를 뺏기지 않고 황금으로 바꾸리라는 야망을 심었다.

페이즈와 도나의 젊음은 기회이기도 했다. 그들은 무엇이든 바꾸었다.

적극성과 계산된 태도

타고난 그들의 매력에 운도 따랐다.

경주마처럼 달렸고 양심도 말똥처럼 버렸다.

생존에 대한 본능은 러너스 하이처럼 두 사람의 청춘 대부분을 차지했다.

그리고 그들이 서로를 돌아보았을 때 깨달았다.

그것은 벌어진 말굽에서 흘러나온 피처럼 치명적이었다.

어쨌거나 그들은 한 쌍의 경주마였

다. 결코 코스를 이탈할 수 없는.

4

미아의 2대손은 모두 딸을 낳았다. 가문의 이름을 이을 자가 없는 것은 명백했다.

자손들은 심각하게 여기지 않았다.

몰락에 의심을 품지 않는 것이 수상했다.

미아의 2대손은 한물갔다며 가문의 상업에 흥미를 느끼지 못했다. 그들은 태생적으로 허약하기도 했다.

페이즈의 사업은 실패의 두루마리였지만 도나는 거듭 성공을 이끌었다. 그것은 권력이었다.

또 도나와 페이즈는 한 쌍의 나르시시스트였다.

도나의 몸집이 거대해질수록 실패의 페이즈는 도망쳤다.

도나와 페이즈의 고독이었다.

도나는 가문을 일으킨 자신이 외면당하는 것을 인정할 수 없었다.

교만의 도나는 첫 성공 이후 미아를 가장 미워했으며 질투했다.

둘은 도나의 자식을 미아가 돌보면서 경계선을 유지할 뿐이었다.

도나는 비대해진 나머지 외출이 힘들었고 포악함을 숨기지 않았다.

페이즈 역시 비대해졌고 다른 시간

다른 공간에 있는 것처럼 눈앞의 도나를 대했다.

실패의 페이즈는 아버지였으나 아버지가 아니었다.

멈춘 채 흉물이 된 거대 시계 금 간 대리석 기둥 꺼진 샹들리에 검은 거미줄 튼 천장 모서리

그들이 파는 물건도 예전만 못했다.

비가 그치지 않는 계절이었다.

미아가 과한 돌봄의 어머니였다면 도나는 과한 풍요를 나누는 어머니였다.

도나의 과장된 웃음과 분노 도나를 향한 공포와 아양이 폐쇄 속에서 넘실댔다.

비가 그치지 않는 계절이었다.

고함을 지르는 도나와 침묵의 미아

가문의 역사를 남기겠다며 페이즈가 사온 자동 타자기가 톡톡톡톡 기록할 뿐이었다.

결혼할 나이가 된 도나의 자식들은 도나의 옆에 섰다.

도나는 황금의 힘이 흡족했다.

지반이 물러져 가라앉는데 끌어올려줄 도르래가 없었다.

도나와 페이즈는 서로에게 흥미를 잃고 마침내 자신의 체중만 생각하는 시간까지 왔다.

도나가 수치를 모르는 대신 미아의

2대손이 수치를 짊어졌다. 미아의 돌봄까지 더해지자 2대손들은 무언가에 중독된 아이인 상태로 결혼을 했다.

딸은 결혼을 앞두고 마차 사고로 사망했고 남은 아들 중 넷은 나르시시스트가 되었다.

5

증기 열차가 디젤엔진으로 바뀌었고 선로가 조정되었다.

미아는 기억이 흐려졌고 도나 역시 기세가 꺾였다.

도나는 종일 거울 앞에 앉아 화장을 고치고 페이즈는 병든 몸으로 하루를 버텼다.

강한 욕망이 더 큰 욕망을 불렀는데 허약한 넝쿨이었던 2대손은 크롬 시대의 기세를 타지 못했다.

부풀린 치마는 사라졌고 주름 세운 양복이 유니폼이었다.

이들에게 사업은 어울리지 않았고 전화전보 뉴스의 메시지를 읽기에는 교양이 부족했다.

어린 시절의 풍족함은 그들 일생 대부분을 공상으로 끌어갔다.

대리석 기둥의 총알 자국을 훈장처럼 여기며 비밀스럽게 전쟁을 기다렸고 각각 다른 도시에서 시작한 부모의 삶은 쉽지 않았다.

미아의 2대손들은 감사의 계절이 돌아오면 공작새처럼 장식하고 꾸며진 행복으로 문을 연 뒤 과시로 식탁을 채우고 폭력과 비난으로 마무리했다.

그들은 어린 세대의 표정을 보고서야 당황했지만 무엇도 바꾸지 못했다.

아이들이 미아의 공간에서 노는 것을 다행이라 여기며 떠날 시간만 기다렸다.

미아도 도나도 페이즈도 노골적으로 죽음의 냄새를 풍겼으나 자손들은 심각하게 여기지 않았다.

2대손들은 서로 도나와 페이즈를 닮았다며 낄낄거렸다.

무지의 투자

나약한 선택

교만의 언쟁

허영의 수집

불안의 확산

나태한 양육

그리고 탐욕과 색욕은 무섭게 증식했다.

그들은 한 명에게서 사랑을 얻지 못했고 계속해서 파트너를 바꾸었으며 고독은 가시지 않았다.

지극히 약한 존재 위에 군림하면서 작은 위안을 얻었다.

미아가 쓰러지자 마침내 감사의 계절에 모이던 규율도 무너졌다.

미아의 3대손 딸들은 가문이 무너졌다는 것을 느끼고 있었다.

구식 시설을 끔찍하게 여겼으며 낡은 집의 악취가 몸에 붙을까봐 소스라쳤다.

생존에 대한 본능은 탈출을 가리켰으며 가문을 잇지 않겠다는 의지의 푸른빛을 따라갔다.

그녀들은 주워온 깃털로 장식한 새처럼 물려받은 결핍을 두르고 윗대의 이야기를 등졌다.

서로에게서도 등졌다.

달이 완전히 가려졌다.

6

미아가 죽은 후 미아의 거울은 빛이 꺼졌다.

나는 거울과 마주앉았다. 거울 속 미아는 신부복 차림이었다.

웃으면 안 된다는 관습대로 입을 닫고.

미아는 뒤를 돌아볼 수 없었다. 누구도 그것을 가르쳐주지 않았다.

미아의 뒤에는 길을 잃은 미아가 서 있었다.

불안은 검은 안개처럼 내려앉아 다양한 포즈를 취했다.

나는 정든 이들이 나를 떠날 수 있

다는 생각부터 했다.

아가. 이제부터 나의 딸이 되어라.

내가 미아의 딸이 되자 미아의 어린 시절이 되풀이되었다.

고독은 세대를 걸쳐온 파도였다.

고아 아닌 고아가 된 나는 약하고 습득이 늦었다.

그것이 도나와 도나의 자식이 휘두른 매질의 이유였다.

지나치게 늙은 미아는 매질을 막지 못했으나 유일한 나의 보호자였다.

나는 미아를 사랑했기에

누구도 돌보지 않는 미아를 돌보았다.

불안은 절망의 우물을 만들었다.

이빨이 사라진 미아의 입안에는 검은 목구멍과 혀뿐

어둠

더 깊은 어둠

나는 어둠만을 반복했다.

그리고 중독되었다.

7

미아와 도나와 페이즈의 시대는 오래전에 끝났다.

그리고 2대손의 시대도 끝났다.

미아의 3대손들은 가문의 이름을 지운 채 표현하지 못하는 감정을 공허로 드러냈다.

박탈 결핍 연극 망상 희미한 연민의 결과물로 서로 간의 연락을 완전히 끊었다.

집은 팔렸고 크롬 시대도 지났으며 기계 자본과 사이보그가 지배하는 시대가 되었다.

해킹 디지털카우보이 약물 태양 신체재생 툴 넘을 수 없는 벽

나는 미아가 죽은 후 죄책감을 털고 어디든 갈 수 있으리라 여겼다.

그때만 해도 몰랐다.

백 년에 걸친 수치가 익을 대로 익어 내게 들러붙었음을.

내가 나를 포기했기에 아무렇게나

지냈음을.

나를 조종하려는 이를 향해
그냥 시원하게 망하자 비웃을 뿐이었다.

긴 밤이 이어졌다.
불안 집착 고독 윗대가 전부 죽은 후
나의 생존 본능이 비로소 눈을 떴다.

가문의 역사를 남기겠다며 페이즈가 사온 자동 타자기가 톡톡톡톡 음성을 기록할 뿐이었다.
나의 본능은 수집한 과거를 열었다.

시키면 과거에서 여우 발자국 같은 백지는 글을 모르는 미아의 침묵과 들어줄 이 없었던 나의 침묵이었다.

그리고 내가 나를 한 조각씩 찾은 날마다
비가 내렸다.

비가 내렸다.
미아와 도나와 그녀의 자식들의 부정이 나를 물들였을 때
최후의 보루는 어떤 사랑이었다.

8

달은 붉고 몸속 바다가 출렁였다
슬픔은 과거를 완결시켜

붉은 달을 품은 소년을 바로 보았다
나는 본디 사랑을 구걸할 이유가 없어

월식이 오면 달에서는 일식이 일어나
내가 아플 때 그들도 아팠어
미숙했고 고장이 났을 따름이야
그렇지만 나의 아픔은 나의 것 그들의 아픔은 그들의 것
고독은 완전하고 생의 부분이니
각자의 수레를 대신 끌 수 없어

나는 손을 내밀었다
소년이 내려와 손을 잡았다

이게 맞는 것인지
그럴듯한 끝은 아닐지라도
수레바퀴는 구르고 하얀 달이 보이기 시작했다
틀렸다면 다시 돌아오겠지 그건 그때 생각하고 지금은
나는 맞잡은 손의 온기를 느꼈다

거울의 노래

우리는 마주서서
깍지를 끼고

깊은 눈맞춤으로
시간을 걸어 잠그고

서로를 읽고자 했고 홍채에 담긴 나를 보았으며
그 너머에 있는 갈망의 절정을 읽었다

별빛이 새벽이 정오의 열기가

밤의 아늑함이

천천히 우리의 정원으로 걸어갔다

legacy liberty live love
한 개의 막대기를 들어 시작한 이야기

일찍 깬 영혼과 갓 깨어난 영혼의 이야기

내가 원한 것은 완벽한 네가 아니었다
상처가 있으면 있는 그대로 너였다 사랑은 오직 결단일 뿐

너의 이마에 태양이 빛나고
나의 등뒤에 달이 반짝이는

조금 눈을 돌려보면 세상은 온통 마
법으로 가득차 있다

나의 왼쪽과 오른쪽이 같고
너의 위와 아래가 같아서

우리가 교차한 지점에 새겨진 별을
드디어 찾는 순간
우리를 감싸는 것은 본능적인 관용

균형의 영혼이 공명하여 작지만 쨍

한 빛 하나 새기는 이야기
　누군가에게 증인이 될 이야기

청포도

창가에 넝쿨이 또르르 매달려 새끼 손가락 걸고
아직 신성한 시간이 오지 않았을 뿐이에요
기다려줘요
곧 만나러 갈게요

3부
굳이 불러야 한다면 애벌리고

애도의 방법

1

이것은 너를 애도하는 노래이며 나
를 희롱하는 노래

다들 살짝 미쳐 있는 곳 어긋난 햇
살 얼굴 밖의 얼굴을 더듬는 손
구원 대신 조금 더 미치고자…… 아
니 완전히 미쳐서 궁극에 닿고자 했던
네가 있었다 세상에 납작한 악역은 없
다

2

이제 먼지일 뿐 누군가의 늙은 한숨 속에서 너의 일기를 대신 적는다 너는 종사의 길을 걸었다 봄빛이 날카로워 어깨는 추웠던 날 우리가 서로를 보았다 스승을 찾아나선 나와 이미 검수였던 네가 딱 한 번 눈을 마주쳤을 뿐인데 우리는 서로를 읽을 수 있다고 오판했다 정확한 오판이었다

혈이라 해야 마땅할 노을 대척점에는 얼어붙은 설원 소멸의 아름다움과 비감 이 붉은 맹약의 순간을 너와 나 설원의 결의라고 하자 네가 쓴 나의 일기는 그렇게 마침표를 찍고 있다 오물을 뒤집어쓰고도 설원은 아름다웠

다 은밀한 일상 속에서 너는 아름다움으로 구제하는 검의 초식을 지우고 오직 맹약만을 남겼다 눈이 유난히 많이 내려 우리의 수련에는 더할 나위 없는 겨울이었다

약한 욕망은 발끝부터 부서지는 고통을 참지 못해 도망갔다 우리는 서로의 검에서 무거움을 덜어냈다 나는 나의 내부에 아무것도 없음을 수긍하고 독을 다루기 시작했다 너는 시끄러웠다가 내 손에 검을 들렸다가 독주에 취해 몇 날을 쓰러졌다가 어느 날 도를 들었다 그때 나는 마음껏 놀랐다 너도 나 몰래 독을 놀리는데 나

라고 비밀이 없을까 비밀. 더이상 감출 게 없어서 일기라는 시답잖은 유희가 끝났다

여름을 지나며 너는 설원을 심상에 앉혔고 눈을 머금어 정순한 검의 궤적은 광포한 도에 자리를 잡더니 오직 방향뿐인 질주를 시작했다 해를 좀먹는 어둠 같은 두려움 압도적인 붉은 광휘의 매혹 삼 년을 넘기기 전에 너의 이름 앞에 패왕이라는 별호가 붙었다 그리고 네가 내게 받아간 것은 독 내가 주고 싶었던 것은 위로 네가 추구한 것은 강함 내 손끝에서는 맹독이 스스럼없이 흘러나왔다 눈먼 불행이

너를 덮칠 줄은 몰랐다

독문무공의 네가 독에 내성이 없는 것은 비밀 차갑고 뜨거운 공기가 난자를 당한 시절은 영영 청초할 것이다 내 독의 절정은 해독이자 나의 피패도란 뭐지 너는 한마디로 답했다 격정. 옳은 설법이었는데 나는 네가 저만치 멀어졌음을 수용해야 했다 네가 미치기 시작했음은 그즈음이었을 것이다

사방이 적이야 지루함을 능멸한 너는 죽음의 파동을 외면할 만큼 찬란하면서 절박했다 배신과 배반으로 만신

창이가 되어온 너는 생사가 호롱불처럼 오가던 날 실없이 중얼거렸다 눈은 왜 그렇게 많이 왔을까 평온하게 잠시 쉬는 것도 힘들었는데 왜 그리 많이 왔을까 너는 이미 패왕인데도 질주의 초심 그대로 왔기에 몇 번의 결별을 거치면서도 나는 너의 등을 지켰다

너의 해독은 심상의 청초함이 중요했다 우리에게는 선악 대신 이해와 몰이해뿐 이것은 내려놓은 아름다움이야 이제 피는 물 같아 천을 풀고 걷게 된 너는 말했다 그것이 끝이었다 너는 구결 하나 남기지 않았다 너와 나의 피가 담긴 마지막 해독은 너의 묘비에

뿌렸다 패왕 네가 검을 들었으니 아름다웠다

3

나는 종사의 길을 걸었다. 바람의 수런거림을 들으며 너의 일기를 대신 한 줄 적는다

이것은 너를 애도하는 노래이며 나를 희롱하는 노래

독

내가 가장 즐긴 독의 하나는 고독이다 고독은 맨눈에 보이지 않는 작은 벌레이지만 그 자체로 독이다 악인들이 복종을 위해 이 독을 쓴다고들 하나 그것은 틀린 말이다 고독이 무서운 것은 누구나 태생적으로 한 마리씩 가지고 있으며 약이 없기 때문이다 고독은 심장에 박히는데 생체에 맞게 성장하다보니 같은 놈은 없으며 고독이 죽는 것은 숙주가 죽을 때이다 그러나 무인들은 고독을 겁내지 않았다 오히려 내공을 키우는 수련 도구로 삼았다 고독이 꿈틀거리면 혀를 깨물 만한 통증이 따르지만 내공으로 고독을 진정시키면 혈도를 단련시킬 수 있었다 그럼에도 고독은 치명적인 독이다 고수일지라도 주화입마에 드는 순간 고독이 내공을 흩어버리거나 아예 날려버리는 경우가 허다했다 고통을 완화하는 약은 그때뿐이어서 갖은 유희와 쾌락을 탐닉하게 만든다 악인들이 내공이 약한 이를 고독으로 조종하는 방법이기도 하다 일반적으로는 그렇다 패왕이 독에 내성이 없다는 것을 알게 된 것도 고독 때문이었다 그의 고독은 내공을 먹는 놈이었는데 운기를 하면 더 날뛰는 희한한 종이었다 도법을 구사한 지 얼마 되지 않았을 때 강한 술로도 통증을 재우지 못하는 패왕은 그냥 어수룩한 광인이었다 주점 부서진 탁자 못난 칼에 맞은 객들 코와 입에서 흘러나오는 피를 닦는 못난이 그 혈은 검상에서 나온 것이 아니라 고독이 주체하지 못할 만큼 몸부림친 흔적이었다 피는 정직하기에 진실을 보게 한다 살기 위해서 도를 잡은 패왕 그렇게 또다른 이해가 시작되었고 나는 내 손끝에 맺힌 자색 독을 건넸다 패왕은 만족한 듯 독을 마셨다 그리고 빠르게 잠들었다 나는 기괴한 침묵을 밟고 패왕을 들쳐업었다 서로의 검에서 무거움을 잘랐다고 기뻐했지만 더

무거운 족쇄가 채워진 날 패왕이라는
부름이 오기 전 조금은 풋풋한 시절의
기억이다

얼음안개

절대악과 대결하던 시대는 지났다 이제는 학관을 다니며 무와 기예를 연마하고 천하제일인을 겨룬다 그러나 무의 길을 가기 위해서는 독문무공을 쌓아야 함은 변하지 않았다 학관을 다니는 동안 스스로의 무공을 내놓은 이는 극히 드물었다 한 기수에서 열 명의 무인을 배출하면 명가로 이름을 떨쳤다 악은 사라지지 않았으며 단독자들이 결단해야 했다 나는 그런 거대 서사와는 무관했다 선천적으로 극음의 기질인 나는 한여름에도 한기에 쓰러지는 일이 빈번했다 약재로도 누르지 못하고 마음의 온기를 누리고자 했으나 친분의 인연은 길지 않았다 당연했다 내 안의 고독은 한기를 먹고 자랐으며 감정의 온도는 극단을 오고갔다 내게 남은 길은 무로써 다스리는 방법이었고 그것이 바른 길이었다 고통에서 벗어나고자 한 것은 나를 위한 첫번째 의지였다 결국 몸안을 떠돌던 한기를 붙잡아두고 얼음결정을 만들었다 내 빙정의 서사는 얼음안개를 익히던 순간부터라고 말하지만 빈틈없는 진실이라고 확인하기 힘들다 그때 감정이 생생해서 그리 말할 뿐이다 얼음안개를 익힌 날이었다 나는 살짝 냉정해졌음을 느꼈다 운기를 하자 낯섦 불안의 축축함이 허공을 떠돌았다 사방이 눈이었다 나는 매섭게 살을 찢는 눈과 싸웠으며 마침내 외눈 세계와 마주했다 고요이며 허무이자 백색이었다 돋아난 얼음결정은 외눈을 향해 까마귀처럼 날아갈 준비를 끝냈지만 나는 초식을 지웠다 그때 대종사께서 누구나 볼 수 있게 심득을 남기신 이유를 이해한 것도 같았다 그리고 허무가 추구해야 할 선함 대신 모든 방향을 향할 안개를 상상했다 안개가 얼자 거대한 얼음이 되었고 얼마 후 사라졌다 안개가 축축하다고 느꼈을 때 그제야 눈이 내렸다 솔솔 날리는 눈은 덧없어서 아름다웠다 아무도 없었고 별 동요도 없었다 나는 본능적으로 눈을 뜬 내 지안을 다독였다 외눈을 치우지 못했으나 그날은 더이상 욕심을 내지 않았다 감정과 무공이 하나이면서 따로따로였는데 결국 무공의 성취는 지난날 나와의 온전한 결별에 있었다 시간과 함께 나는 차츰 냉정해졌다 그리고 서정이라 부르는 마음의 대부분을 잃었다

가르침

은사께서는 병환이 깊어지셨으나 나를 부르지 않으셨다 나도 산으로 바다로 뛰어다니느라 한 번도 뵙지 않았다 열심히 살아라 부끄럽지만 떳떳하게 바람을 다룬 첫 절기를 올렸을 때 은사는 딱 한마디 하셨을 뿐 가르침을 예상했던 나는 꽤 당황했다 은사께 장하다는 말을 듣고 싶었다 그러나저러나 나는 얼음결정이 좋고 눈이 좋았다 바람이 지상을 쓸어 땅날림눈을 만들었다 눈이 더욱 많이 날아올라 사방이 어두워지고 하늘과 땅이 하얗게 변하고 그림자가 사라지고 지평선이 보이지 않을 때까지 나는 바람과 눈과 놀았다 모든 것에는 대가가 따랐다 설원에 선 대신 시력을 바쳤다 간간히 패왕의 소식이 들려올 때마다 나는 얼음 결정에 독을 넣지 않겠다고 다짐했다 헛된 분노를 토했다 숲은 깊어서 나를 받아주었다 그리고 이상하게 따뜻한 겨울 오후 은사께서 생을 마치셨다

겨울밤은 깨끗했고 별은 아름다웠다 길게 이어졌던 장례 행렬이 남김없이 흩어질 때까지 정말 이상하게 눈물이 나오지 않았다 나는 은사께 첫 절기를 올린 마지막 제자였다 숲으로 돌

아온 나는 얼음기둥이 하늘 끝까지 뻗어 길을 막고 있는 것 같은 마음을 느꼈다 드러나야 할 감정은 별을 지우고 숲이 흔들리도록 눈을 일으키고 얼음을 뭉쳤다 응어리진 순간의 불꽃이 얼음을 붙들었다가 눈 깜짝할 사이에 지상으로 덩어리를 떨어뜨렸다 나는 튕겨나갔고 숲에서 내가 기대고 있던 모든 것이 박살났다 눈을 떴을 때 태양은 눈부셨고 공터가 반짝였다 숲은 어두운 곳이 아니라 작고 힘찬 생명이 가득한 곳이었다 빛 속에서 나는 엎드렸다 그토록 나는 어리석었다 열심히 살아라 은사께서는 당신의 심득을 그날 날것으로 알려주신 것이었다 나의 배은망덕을 탓하지 않는 더이상 존재하지 않는 사실 하나가 적나라했다 내게 남은 통곡이 눈과 코와 입에서 얼음결정으로 쏟아져나와 얼굴을 찢었다 그렇게 나는 숲을 나올 수 있었고 나무집을 다시 만든 후 도시로 출발했다

애별리고

광장한데 패왕이 말했다 그런데 뭐랄까 뭐라 불러야 하지 천하의 패왕이 말을 찾지 못한다는 것이 우스웠으나 한편 그것이 당연했다 나도 뭐라 부를지 모르기 때문이다 몰라 그냥 이름을 붙일 수가 없어 그럼 어떻게 설명해 말안 하지 그렇지 내 백색의 절기에 대한 패왕과의 대화 전부이다

나는 설원에 서 있다
나의 설원은 묻는다
세상을 지우고자 여기 오지 않았다

궁극의 것은 하나이며
그 앞에 얼마나 진실하게 서 있을 수 있는가
나는 답한다
눈은 모든 것을 뛰어넘어 하나를 보여줍니다
나는 나 자신으로 여기 섰습니다
슬픔만큼 사랑으로도 고유해질 수 있다면 들으시겠습니까
나의 설원은 다시 묻는다
그것이 너의 심득인가
얼음결정은 누구에게나 있기 때문에
바람이 살짝 등을 밀어주면 가능합니다

굳이 불러야 한다면 애별리고
그렇군 다시 보자
설원이 서서히 걷힌다
눈이 녹아 사방에 맺혀 있다
서로 사랑하기에 가능한 눈물은 반짝일 수밖에 없다
나는 설원에 서 있다

벗

새로 만든 독을 가지고 패왕의 연무장을 찾은 날이었다 패왕은 수하들의 일초식을 하나하나 보고 있었다 성에 차지 않는 표정이었다 붉은 천잠사 장포를 입은 패왕이 여전히 불을 갈망하고 있었다 그의 욕망이 처절해서 나는 잠시 시린 눈을 내 앞에 뿌렸다 치우지 말거라 닿으면 살이 타버린다 패왕은 수하들에게 휴식을 주었다 이번 독은 싫증이라 부를 놈이야 패왕은 독병을 받으며 말했다 내기 비무할까 가서 검을 가져와라 규율이 바짝 든 그의 수하들이 술렁였다 도 대신 검이었기 때문이었다 나는 패왕을 쳐다보았다 어차피 몰라 그날 내 웃음소리가 연무장을 호령했다 패왕 넌 웃기는 재주가 있어 우리를 둘러싼 무거움과 구령을 가볍게 할 줄 알아 두 자루의 검 우리의 비무는 서로의 등을 마주 댄 후 위험한 한 수로 시작한다 거대한 장포의 펄럭임과 검은 나삼의 날카로움 사방이 잔인하고 숙명적으로 파였다 그러나 우리의 비무는 상쾌했다 패왕의 패검과 변검은 진심을 담았으므로 그의 검은 나를 자유롭게 했다 나의 한 수는 화려하고 긴 검로 사이 힘을 뺀 짧은 순간에 숨어 있다 눈치채기 힘든 그 초식에 나는 독을 넣는다 패왕은 아찔한 독의 농담을 즐겼으며 사랑했다 짜릿함에 지배당할 때 패왕은 웃는다 패왕은 우리의 비무 때마다 웃었다 느닷없는 방점이었다 아직도 외롭구나 패왕 너를 제물로 이 많은 것을 쌓았음에도 외로워 나는 검을 내렸다 패왕도 검을 내렸다 오늘은 마시고 노래하자 멋모르던 시절처럼 만만한 애송이 같은 장난을 치며 우리는 박살이 난 연무장을 떠났다 이전에도 비무를 즐겼지만 그날 이후 우리의 비무는 벗을 위한 검무가 되었다

국숫집

이 마을을 빨리 지나치지 않은 것은 국수가 맛있어서였다 독에 찌든 혀를 위로해주는 슴슴한 국수가 조금 느긋하게 만들었다 다섯 앉으면 꽉 차는 국숫집은 늙은 숙수가 꾸리고 외팔 무인이 건달을 막고 있었다 나는 한 달 매일 국수만 먹었다 그리고 떠날 채비를 하며 숙수에게 치사를 건넸다 칼을 훌륭하게 쓰십니다 뜻밖에도 숙수는 내게 부탁을 했다 그는 수염이 조금 떨릴 정도로 긴장하고 있었다 국수 값으로 치면 못할 일도 아니었다 숙수는

무인을 아들 삼아 제자 삼아 함께 국수를 팔고자 했다

나는 외팔 무인을 불러 술을 권했다 그의 오른쪽 허리에 매달린 검파는 생기가 없었다 그래도 사라진 것은 오른쪽 어깨일 뿐 시시한 싸움이 있어봤자 그에게는 문제가 되지 않을 것이고 작은 동네일수록 허명은 커지기 마련이다 그러나 내가 국숫집에 들어가기만 하면 날을 세우는 것이 그의 문제였다 늘 내게 할말이 있어 보였으나 그의 주저함은 그만그만한 싸움꾼과 다를 바 없었다

독이 없으니 마셔도 돼 그는 표정이 굳었다 당신은 패왕의 독이오 구질

구질한 이야기가 시작될 조짐에 나는 가지볶음을 집었다 방법을 일러주시오 독을 배워서 세상에 나갈 수는 없어 숙수는 가게를 물려주고 싶어하던데 그는 고개를 저었다 국수를 왜 마다하는지 모르겠군 무인에게 요리는 꽤 어울리잖아 검을 잡고 싶으면 바다로 가 좌수검을 시작해 그의 왼쪽 눈은 이글거리고 오른쪽 눈은 절망하고 있었다 당신은 마도잖소 그러던지 패왕은 벗일 뿐 나는 독이 좋을 뿐 시시해진 나는 국물에 얼음을 띄웠다 그가 입을 뗐다 아버지가 농부였소 어머니도 돌아가시고 나는 나약한 아버지가 싫어서 무작정 속가제자가 되었소 진

산무공을 배우지 못해도 좋았다오 사형들이 있고 일검휘지의 꿈도 꾸었으니 더할 바 없었지 누구와 척을 진 거야 나는 물었다 속가제자 문파끼리 비무를 벌이다 팔을 잃었소 아버지도 그새 돌아가시고 한번 해보기도 전에 시들었다고 생각하니 분할 따름 창피해서 입을 다물었더니 협객이 되어 있었소 떠돌다가 여기 왔을 때 숙수는 건달에 한참 시달릴 때였소 그때부터 지금까지 있었소 뒤를 보니 숙수가 복잡한 표정으로 서 있었다

그의 잔을 들여다보았다 기연 한줄 붙잡고 싶겠지만 그의 기연은 여기에 있어 보였다 그의 서사는 사실이겠지

만 모든 사실이 힘을 담는 것은 아니다 나는 일어섰다 숙수의 이 칼질을 못 알아본다면 무인의 자질이 없는 것이고 알고도 모른 척한다면 허세겠지 나는 늙은 숙수에게 정중하게 인사를 했다 숙수도 허리 굽혀 인사를 했다 둘을 이어줄 충분한 시선은 내 몫이 아니다 나는 따로 연을 만들고 싶지 않았다 인연을 이을 힘과 시간은 둘의 몫

마의 진지함

내가 사랑한 것은 정숙한 그대가 품은 분노
바람의 숨겨진 바늘 같은

열망과 뒤틀린 재능의 환장할 공모
그것을 바라보는 어두운 환희

스스로 일으킨 가문의 문장이 된 그대의 문장
그것은 장미의 장엄한 행렬

내가 사랑한 것은 검은빛 서사가 내

려앉는 피투성이 마음
  재가 되어 날아가는 나비 같은

  목책의 나무와 그들을 넘어오는 겨
울밤 안개의 신비스러움
  그것을 읽어내는 차가운 고독

악인의 사명

외팔 무인이 이름을 알려주었는데 잊었다 나는 이곳에서의 마지막 국수를 먹고 있었다 아침부터 골목이 소란스러웠다 친근함을 드러내는 그가 약간 거슬렸으나 나는 국물을 마셨고 그는 나를 한번 쳐다보고 골목으로 나갔다 어쩐지 그의 마음을 보고 싶어 나도 걸음을 옮겼다 국숫집에서 멀지 않은 곳에 깔끔하게 차려입은 인물들이 있었다 외팔 무인은 그들과 언성을 높였고 그의 뒤에는 채소를 실은 소달구지가 있었다 사연은 그랬다 국숫집으로 채소를 나르던 달구지꾼이 침을 뱉었는데 마침 지나가던 이 인물들에게 떨어졌다고 했다 그들은 패물 상단의 아들과 그의 친구들이라고 했다 밤새 마시고 깨끗하게 씻고 술이 덜 깬 것으로 보였다 달구지꾼은 납작 엎드려 자비를 구했으나 시비가 붙은 것이다 멀리서 보니 그다지 심각한 일도 아니었지만 당사자에겐 중요한 일일 테지 나는 외팔 무인이 어떻게 할지 궁금했다 그는 매서운 눈매를 씰룩이며 왼쪽 허리의 철봉을 톡톡 두드렸다 그쯤 해서 소동은 끝이 났다 달구지꾼의 무례 젊은 친구들의 오만 외팔 무인의 비열 알맞은 논변과 엉뚱한 논변이 구분되지 않는 골목이었다 나는 아무와도 인사를 나누지 않고 늦여름의 길을 떠났다 진짜 악인은 따로 있다 나도 학관에서 악인을 만나며 배우기 시작했다 악인은 거만한 무접촉 유발자이다 이들은 먹다 남은 복숭아의 죄가 잣대이므로 가까운 이에게 악행을 하고 아주 약간 안 좋은 기분을 느낄 뿐이다 남탓을 하며 피해를 입었다는 오만함을 느끼고 욕구는 대해와 같으나 사랑은 솜털만도 못하다 그렇기에 실제로는 무엇도 사랑할 수 없는 군상으로 삶 자체가 스스로 만든 거대한 연극이다 협객은 악인을 물리치고 빛을 가져온다는 환상이 있던 시절도 있었다 지나고 보니 협객이라 불리던 이도 악인과 별반 다르지 않았다 그래서 악인이 사라지지 않는 이유가 궁금했다 내 결론은 이렇다 악인에게도 사명은 있다 그들은 아침부터 밥 먹고 부지런히 악행을 떨치며 반면교사의 교훈을 주고 사는 이들이다 사랑받지 못하는 것에 절망해보지도 못한 채 생을 마칠 때까지 악행만 해야 하는 이들인 것이다 슬프고 웃기는 이야기이다

천남성

내가 유랑하는 것은 만나야 할 사람이 있는 까닭인데 그러다보면 귀찮은 인물도 만난다 내 처지로서는 눈에 발자국을 남기지 않는 바람처럼 다니는 것이 최선의 공격이다 마도의 이름으로 얼마나 많은 무공이 있는지 정확하지 않다 마도는 기록되는 순간에도 주아가 뻗어가기 때문에 예측이 부질없다 나는 산 아랫길로 들어선 순간 후회를 했다 채집 바구니를 멘 천남성파가 가고 있었다 천남성은 질척이는 눈길로 끈덕지게 따라붙는다 자책을 하면 그것을 열심히 부정하면서 혹은 열심히 맞장구치면서 끈끈해지는 음습함이 특징이다 천남성은 독초이지만 입이 틀어진 이를 치료하는 약이다 양기가 강한 풀인데 참으로 음습한 유파가 그 이름을 가져간 것에는 나름 뜻이 있는 것이다

앞서가던 네 명의 천남성이 우쭐우쭐 속도를 늦추어서 나는 가던 방향을 틀려고 했다 그러나 그들이 조금 더 빨랐다 예를 올리고 싶다는 것이었다 입이 썼지만 선들바람처럼 천남성들과 한자리에 섰다 그들은 인피면구를 쓰고 있었다 가면을 좋아하는 나로서는 꽤 아쉬웠다 학관에서 가르치는 육

합심법 중 하나는 가면으로 말하라는 것이다 표정을 읽히는 순간 중심인 기둥이 무너지니 결국 나를 묻는 심법이다 어디에 묻을지 무엇을 물을지 무의 시작이기도 하다 가면이 없으면서 가면이라고 하거나 반만 가리거나 무면처럼 아예 가면이 무공이 되기도 했다 널리 알려진 육합심법이니 가면의 구분은 별 의미가 없었지만 묻다는 여전히 중심이다 나는 가면이 예뻐서 홀린 듯 세공했는데 막상 쓰지는 않았다 걸어두고 한 번씩 쳐다보는 편이 나았다

그들은 사형의 지시로 한 명씩 예를 올리는데 풀이 썩지 않고 쌓여 물렁해진 땅의 기운을 끌고 왔다 흐르는

안개가 이들에게 힘을 줄 것이고 무자비하게 덮치는 흙으로 부수는 것이 적당했다 그들은 깨진 거울을 놓고 거기 비친 대로 가면을 만들지 않을까 상상하면서 안부를 나누었다 심상이 건조해지면 오히려 양기가 증폭되어 동귀어진하는 것이 천남성이다 틀어진 입을 고치는 데 쓸 수 있다면 진짜 천남성일 텐데 주아는 그렇게 만들어지겠다 싶었다 사소한 이유로 죽고 죽이는 곳 부딪치면 일단 싸우고 강자가 모든 것을 갖는 곳 나도 그 세계에서 발버둥치는 중이지만 불행을 소원하는 독을 쓰지는 않는다 이 천남성들은 내가 절명의 독을 쓰는 것을 알면서도 공격

했다 넷의 독이 날아왔으나 나는 피하지 않았다 내게 독을 쓰는 것은 바보짓이야 냉령자동이 만든 부채 바람은 면구를 찢고 이들은 각자의 모습으로 얼음 조각이 되었다 면구 속 일그러진 표정 강한 자는 오지 않고 온 자는 강하지 않다 한심했다

심마동

심마동이 있는 산은 기백은 흩어지고 타락한 명소가 되어 있었다 심마동에 들어가 백년 한기를 녹이고 석 장이 넘는 눈을 걷어내면 얼음벽과 대면한다 금 가지 않는 얼음은 들어온 이의 구석구석을 비춘다 망상 추함 분노 욕정 탐욕 모든 것이 명백해진다 수련자의 심상이 흔들리거나 얼음벽을 깨고자 충격을 가하면 금이 간 채 더 많고 보기 흉한 수련자를 비출 뿐이다 사귀에 잡아먹힐지 시험하는 공간이자 표현하려고 하면 숨고 숨으려고 하면 드러내는 공간이다 패왕은 이곳을 통과했다 그리고 심마동이라고 새겼다 패왕은 문파를 세우지 못했다 그럼에도 패왕의 지도를 받았다는 후기지수는 많았고 그의 각별한 사랑을 받았음을 과시하는 녀석은 더 많았다 유독이 마을에서 그런 이들을 만났다 패왕 너는 도대체 어떻게 살았던 것이냐 혀를 찼다 독수공방이라는 현판을 새겨왔을 때 발로 깨버렸듯 그때 칼질을 못하게 말려야 했었다 나는 업을 진 셈이어서 착잡했다

그리고 심마동에서 나왔다는 사내는 백발이었다 고통 끝에 도망친 것이리라 백수광부는 손을 벌벌 떨면서 심

마동에서 보았다는 비급이라며 중얼댔다 불길을 뚫고 불길을 안고 명예이자 멍에 짐을 지우는 꿈을 지우는 구결은 진실이기도 하지만 구결에 잡히면 옥이 따로 없다 이봐 비급은 없어 대신 내가 좋아하는 이야기를 들려줄 테니 적어봐

첫째 글자가 지워졌다 둘째 글자가 지워졌다 셋째 글자가 지워졌다 넷째 글자만 남았다 그 사이에 두 사람이 있다 그들의 욕망이 남았다 마지막 글자가 사라지기 전에 그는 최후로 자신을 말했다 그리고 영원히 침묵했다

내가 참 좋아하는 이야기야 햇볕 봐 낫을 쥐고 풀 베고 땀 흘려 국수 좋아

하면 국수 만들어 당신은 패왕이 될 필요는 없지 검을 쥔 마음은 소중하게 간직해 어쨌든 이 길은 아니야 백수광부는 아무것도 듣지 않았다 나는 사내를 두고 떠났다 무인이 있는 곳이면 철방도 괜찮지만 이 마을에는 철방보다 엉터리 복술가가 많아 보였다 길가 좌판 지저분한 기운 평면적 이해 눈알만 봐도 저들이 형편없다는 것을 느낄 텐데 또 쪼그리고 앉아 듣는 이도 있었다 심마촌이구나 하긴 구천태경을 구사하는 이는 몇 없지 나는 조곤조곤 말하던 신녀가 떠올랐다 이곳을 찾는 이들이 허상과 진실을 대면한다면 마을은 쇠락하고 다시금 평온해질지 모

르지만 이것도 마의 모습이다

삼 년 후 진설

무너진 흙더미 물기 없는 우물

폐허에 동화되는 새소리 그리고 공간 속으로 꽁무니부터 스며드는 풀의 흔들림

기억할까 내가 꼭 들어맞는 조각 같은 환상 더 완벽한 독의 행렬을 세우고 세울 때 너는 무너뜨리고 짓고 다시 부수고 그래도 결국 부수지 못한 최후의 마음을 남겼어 나는 흙먼지 앉은 패왕의 빗돌을 토닥였다 네가 침묵했기에 헛소리를 벗었다고 너의 등

을 토닥였지 그런 내 마음이 쓰린 독이라고 너는 고개를 돌렸어 어쩌면 처음 검으로 인사한 순간 약속된 결말이었을 거야 깊은 상처를 버틴 우리 앞에는 각자의 독배가 찬란했다 환영 속에서만 평화를 얻었던 세계 너의 도에 담긴 심의는 너무나 솔직했기에 아무도 진실이라고 믿지 않았다 단지 검처럼 도를 휘둘렀을 뿐인데 패왕 너의 침묵은 빛의 문자로 맺혔어 도를 검처럼 쓰기 위해 찢어지고 흩어진 너의 살과 피를 알기에 나는 여전히 웃어

이런 결말을 기꺼이 받아들인
우리는 비정하면서도 다정한 놈이야

대지가 뒤틀리며 굳은 응어리 속에서 너를 증오한 자와 네가 죽인 자도 먼지로 돌아갔다 은원을 쌓지 않는 것이 마땅한 길인데도 너는 다만 강함을 의심하지 않았을 뿐이지 이제 빈손으로 만나러 오지 않을 거야 지금은 너의 목검을 두고 간다 나는 복수가 아니라 아직 검이 부러지지 않아서 진심으로 살아내겠어 그것이 우리가 풀어야 할 마이며 협이고 물안개 속에 작은 등을 켠 순정이야 본디 검객이었던 네가 도를 잡았던 마음을 나는 간직할게

나는 빗돌에 패왕의 이름을 한번 더 깊게 새겼다

종장의 주인

어서 와 종장의 주인 나는 소년에게 의자를 내주었다 소년은 어리둥절 저의 이름은 주인이 아닙니다 네가 누구인지 아직 깨닫지 못했을 뿐 네 이름을 감추기 위해 살짝 획을 바꾸어놓았을 뿐인데 그러나 나는 이런 말 대신 지내기 불편하지 않은지 물었다

소년은 말했다 누구십니까 주인이 부르고 싶은 대로 불러 이름을 하나 줘도 좋겠어 패왕은 낙서 같은 유언을 내게 남기고 죽었다 책상 위에 쪽지 한 장 나와 만날 것을 적었다 아둔한

종자가 파지인 줄 알고 치웠다 패왕이 나와 만나는 것을 잊을 만큼 바보란 말인가 길잡이나 찾으려 했는데 약간 아쉬웠다 더이상 그 쪽지를 묻지 않았다 패왕다웠다 나는 그의 뜻대로 종장의 주인을 찾아나선 것이다

소년은 나무를 하고 꿩과 토끼를 잡아 팔았다 소년의 어디에도 패왕의 흔적은 없었지만 지난 인연을 묻는 것은 덧없다 알아야 할 때가 되면 알게 될 것 나는 소년의 경계를 낮추고자 까마귀를 불렀다 나는 매일 여기서 국수를 먹을 거야 언제든 내키면 와 힘든 일이 생기면 까마귀를 불러

소년은 오히려 도망쳤다 그래서 나

는 나무를 하고 꿩과 토끼를 잡았다 그리고 나무와 꿩과 토끼를 그대로 두고 내려왔다 드디어 소년이 말을 걸었다 내가 잡은 것을 혼자 치울 수 없으니 그만하라는 것이었다 이 소년은 단박에 나를 사로잡았다 나는 까마귀를 소개해주었다

소년은 어떤 무공도 배우지 않았지만 모든 무공의 주인이었다 그가 무를 택한다면 말이다 무공만이 전부가 아니므로 소년은 무엇이 되어도 좋았다 큰 적월이 지나고 나면 분명해지겠지만 나는 소년이 걸어갈 길을 상상해보았다 지금은 내가 그를 지킬 것이나

어느 순간 나를 지켜줄 것이고 그리고
내가 먼저 먼지로 떠난 후를 상상해보
았다 나쁘지 않았다

알아가기

소년의 첫번째 초식과 두번째 초식 사이로 나는 들어갔다 간극이 꽤 넓어서 그림자가 늘어졌다 소년의 세번째 초식이 우두둑 솟아나와 나의 검로를 막았다 어둠은 다만 자리를 옮겼을 뿐 어둠이 머물던 땅의 그물 그것은 찢어진 영혼을 찾아나설 것이다

초식은 단순하면서 복잡하다 아이들은 왜 달리면서 소리를 지를까 인간은 그냥 날고 싶거든 어린 시절 가장 탐나는 은신처는 나무 위의 집 초식을

몸에 걸치기 위해 너답게 연결하는 거야 목검과 목검이 부딪쳤다 일과 월과 형혹성이 합을 이루면 단숨에 싸움의 열기가 고조되지 살고 싶으면 마지막까지 집요하게 답을 찾아내 다시 목검이 부딪쳤다

소년은 나무 그늘에 드러누웠다 팔을 들어 눈을 가렸다

왜 당신을 패왕의 독이라고 부릅니까 나는 패왕을 떠났지 나도 소년 곁에 누웠다

패왕을 만독불침으로 만들기 위해 우리는 서로의 목숨을 걸었다 나를 살리되 죽을 만큼 고통을 줄 것 새로운

독은 나부터 먹었다 나를 살리되 죽지 않을 만큼 고통을 줄 것 패왕이 독을 마실 때마다 곁을 지킨 나는 심장이 녹아내리는 강을 오고갔다 나는 패왕을 사랑했고 증오했다 나는 결국 패왕을 떠났다

그리고 패왕이 죽기 몇 년 전에 다시 만났지 패왕은 떠나는 나를 잡았어 다들 내가 패왕의 비밀을 알기 때문에 그의 칼이 나를 뚫을 것으로 기대했지 내가 등을 돌리고 한 걸음 딛자 패왕도 내게 등을 돌리고 그냥 갔어 어이없게도 패왕은 문파를 만들고 있었거든 그게 내가 떠난 이유야 독은 본산의 마지막을 지켜 최후의 순간에 그

곳의 모든 것을 끝내고 영원한 침묵을 선언하지 내가 스스로 발목을 자르고 거기 앉아야 했을까 나는 소년에게 물었다

소년은 고개를 저었다 당신이 하고 싶은 대로 했으니까 옳아요

소년의 말은 마도다우면서 마도답지 않은 색다른 위로였다

나는 소년에게 패왕의 검을 알려주었다 하지만 진짜 고수는 검초를 지우고 자신의 뜻대로 움직인다

일어나자 나는 목검으로 소년의 목검을 톡 쳤다

새출발

소년과 나는 숨은 산에 섰다 여기는 안전해 나는 여기서 수련을 했어

얼마나 했어요 꽤 오래

나는 소년에게 철포공을 여러 겹 둘러주었다 잘 봐 일단 저 하늘의 저수지를 끌고 와 찬 기파가 퍼지자 눈보라는 앞장섰으며 작디작은 얼음결정이 일제히 떠올랐다 주위가 빠르게 얼었다 얼음결정은 한곳으로 모여 회전을 시작했다 반짝이는 유리공 안에서 번개가 지글거리는 것처럼 보였다 내공으로 저 열기를 유지하면 돼 얼음결

정이 충분히 무거워지면 중심으로 떨어질 거야 중심이 붕괴되면 멈출 때까지 온도가 올라가지 몹시 차가운 것이 가장 뜨거운 것을 만들어내는 이치야 그동안에 당하면 어떻게 하죠 네가 지켜줘야지 농담하십니까

그리고
무너져내렸다

창공을 채운 얼음결정은 각자의 속도로 회전하면서 비출 만큼 비추면서 무너져내렸다 아름다워요 맞아 그리고 새로 쓰는 거야 얼음결정이 스며든 일대는 진동하기 시작했다 폭음과 함

께 무지막한 초승달 모양 구멍이 뚫리기 직전 나는 소년을 끌어안고 피했다 소년의 본능은 내공을 움직여 스스로를 보호했다 나비의 형상이었다 내가 둘러준 철포공까지 흡수해 반짝였다

당신이 나의 사부였으면 좋겠어요
나는 너의 사부가 아니야
너는 순수의 결정이라면 나는 욕망의 집중이야

사랑은 모든 것을 부수고 새로 태어나는 것입니까 나는 패왕이 왜 이 소년을 찾으라고 했는지 깨달았다 이 소년을 사랑하리라는 것을 내가 새로운

독을 찾으리라는 것을 어쩌면 독이라
부르지 못할 것을 만들지도 나는 까마
귀를 불렀다 가자

곽은영의 편지

곽은영입니다.

한 장씩 넘기시다가 불쑥 「불한당들의 모험 51」이 등장해 낯설으셨을지 모르겠습니다. 그래서 「불한당들의 모험」 연작을 언급해보고 싶습니다. 저는 쌓이는 서사를 통해 이어지는 시선을 통해 존재하는 무엇이 좋아서 연작을 씁니다. 정말로 세계가 뭔지 저는 모르지만 일어날 법한 일에 대해서는 써볼 만하다고 생각합니다. 「불한당들의 모험」은 제가 등단하고 얼마 되지 않았을 때 78편의 이야기로 출발했습니다. 우리는 모두 초심자인 The Fool에서 시작해 Queen과 King에 도착하니까요. 그래서 초반부 12편, 중반부 36편, 후반부 30편으로 나누었습니다. 제게는 긴 여정이었기에 한 권의 시집에 다 담지 못하고 저의 시집마다 각각 초반부, 중반부, 후반부를 실었습니다.

이 시집의 1부와 2부는 「불한당들의 모험」 연작의 후반부입니다. 여정을 함께 읽어주신 독자님께 감사의 마음을 전합니다. 부제로 치면 「불한당들의 모험 49」부터 시작하지만 마지막 여정에 이르러 조금 자유롭게 다가가보고자 번호가 붙은 부제를 생략하기도 했습니다. 그래서 2부 「청포도」

는 연작의 마무리로 「불한당들의 모험 78」에 해당합니다. 3부는 「불한당들의 모험」과는 다른 세계선을 지닌 시의 모음이자 또다른 연작입니다.

1, 2부가 끝이고 맺음이라면 3부는 시작입니다. 끝과 시작이 비슷한 속도로 함께 가는데 교차하지 않는 두 세계선을 따르다보니 독특하면서도 상당한 감정의 충돌을 경험했습니다. 그래서 이 시집은 두 권의 시집 같기도 하고 이란성 쌍생아 같기도 합니다. 하지만 인간이기 때문에 겪어야 하는 두 세계의 근본적 운동은 서로 비슷하기도 합니다. 독자님께도 흥미로웠으

면 좋겠습니다.

이 시집을 마무리하자 얼음 바다를 깨고 유령선 한 척이 솟아올랐습니다. 제게 다가온 이 유령선은 밤의 사막 짙은 얼음 바다 검은 숲 잠든 도시 어디든 거리낌없이 전진했으며 공중으로 떠올라 밤하늘을 유유히 가로질렀습니다. 깊은 위로가 되는 풍경이었습니다.

제게는 유령선이었지만 독자님께는 다른 모습으로 다가가리라 생각해 봅니다. 독자님의 하루하루가 아름답기를 기원합니다. 고맙습니다.

The Adventures of the Scoundrels 56

Translated by Soje

The Adventures of the Scoundrels 56

He is the fallen man this century demands.
Loving only himself, he mastered theft and deception all on his own,
then overcame fear and cowardice to swindle money from a woman blinded by love.
He leaves his birth shrouded in mystery, flaunts his brilliant present,
and soon will die alone.
Because we want it so.
That is the story

That is the story

Aha? Aha. The solar system. Twelve times I've been around. All night long. *Come on*. I'm serious. My first goal is to reach the star where molten metal falls as rain. *Cut it out*.

Alcohol. Threw it back. Searching everywhere for you all night, teeth bared, pissing my pants. Cold winter night. Cool this fever down. You know how much I've put away? All these years. Haa. Haa? What to do about these bones showing. The boy runs. Dead women on his heels. The boy runs away. *It's no fairy tale. Don't pretend.* The bald man dreams of getting lost in the smiles of girls and women from the next village. The saggy-armed woman lusts after young foreign men. I am you. Never existed. *Disgusting, mister.*

Disgust. Feel like puking. I'm somewhere you'll never reach. How will you kill me inside this slippery mirror? A great collapse. Mutter words like that, and the world turns its head to stare. With a mechanical sound. From somewhere red and far, molten metal rain comes pouring down. Schools are full of ghosts. They want to play with the kids. That broken instrument's got a ghost too. It wants to ride the music. Keep calling out, and they'll look your way. *Quit it.*

Purity. It exists. In indifference. That's why it's precious. A word my mouth dare not hold. I devoured my own child. Dirtier stories suit me.

Mister… don't ever fall asleep with your guard down. Baring that lifeless expression. Looking withered overnight. Your real face, I suppose. "I am you"? That gave me chills. Like seeing for the first time… a now that hasn't arrived. I met you by chance. Your flesh peels off like useless goggles, and I'm laid here like a doll with a broken arm. I'm not leaving the bag because it's empty. I'm just spent from scooping filth again and again. It's not because you offered a hand on the day I fled from words filthier than shit. Don't fall asleep looking like that. Right now I need a hard shell like a crayfish. Don't tell me I can fall lower than this. Mister… your face makes me cry.

He is the fallen man this century demands.

Seduced by baseless anxiety, he mastered pity and cruelty all on his own, then overcame scorn and blame to steal affection from a boy blinded by desperation.

He leaves his departure shrouded in mystery, flaunts his shabby present,

and soon will die alone.

Because we want it so.

That is the story

That is the story

소제(Soje)

시인, 번역가. UC 버클리에서 영문학을 전공했고, 뉴스쿨에서 문예창작학 석사 학위를 취득했다. 대표작으로 이혜미 시집 『뜻밖의 바닐라Unexpected Vanilla』(Tilted Axis Press, 2020), 이소호 시집 『캣콜링Catcalling』(Open Letter Books, 2021), 최진영 장편소설 『해가 지는 곳으로To the Warm Horizon』(Honford Star, 2021), 『구의 증명Hunger』(Brazen Books, 2025) 등이 있다. 뉴스쿨과 컬럼비아대학에서 문예창작과 번역을 강의했으며, 전미번역상, 미국 펜 번역상, 사라 맥과이어상 등 국제 번역상 후보에 오른 바 있다.

곽은영

2006년 동아일보 신춘문예를 통해 등단했다. 시집으로 『검은 고양이 흰 개』 『불한당들의 모험』 『관목들』이 있다.

POETRY NANDA 더 쑥 006

퀸 앤 킹

ⓒ 곽은영 2026

1판 1쇄 인쇄 2025년 12월 24일　　1판 1쇄 발행 2026년 1월 13일

지은이 곽은영 **펴낸이** 김민정 **책임편집** 유성원
편집 정가현 민윤지 정수범 **디자인** 퍼머넌트 잉크
저작권 박지영 형소진 주은수 오서영 조경은
마케팅 정민호 박치우 한민아 이민경 박진희 황승현 김경언
브랜딩 함유지 박민재 이송이 박다솔 조다현 김하연 이준희
제작 강신은 김동욱 이순호 **제작처** 천광인쇄사

펴낸곳 (주)난다
출판등록 2016년 8월 25일 제406-2016-000108호
주소 10881 경기도 파주시 회동길 210
저작권 및 독자문의 copyright_nanda@munhak.com
작가섭외 및 행사문의 innanda@munhak.com
페이스북 @nandaisart **인스타그램** @nandaisart **엑스** @wingedpoems
문의전화 031-955-8865(편집) 031-955-2689(마케팅) 031-955-8855(팩스)

ISBN 979-11-24065-29-7 00810

시가 난다 WINGED POEMS

001 김혜순 시집 싱크로나이즈드 바다 아네모네
002 황유원 시집 일요일의 예술가
003 전욱진 시집 밤에 레몬을 하나 먹으면
004 박유빈 시집 성질머리하고는
005 정일근 시집 시 한 편 읽을 시간
006 곽은영 시집 퀸 앤 킹
007 채길우 시집 아버지를 업고(근간)